AF296822

PARAPHRASES

SVR LES HYMNES

DV S. ESPRIT,

DE LA Ste TRINITE',

ET DV S. SACREMENT,

Et autres Prieres.

En Vers François.

Par le Sieur Du Four, C. D.
Medecin.

A PARIS,

Chez Andre' Cramoisy, ruë S.
Iacques, au Sacrifice d'Abraham.

M. DC. LXVIII.

AVEC PRIVILEGE DV ROY.

ADVERTISSEMENT.

LEcteur, je vous presente un petit Ouvrage dans un temps que toute l'Eglise fait retentir ses Cantiques à l'honneur de la tres-sainte Trinité : Ie sçay bien que les curieux n'y trouveront pas la pompe des Vers, ny les autres beautez qu'ils desirent, mais peut-estre qu'en recompense les devots n'y trouveront point de degoust, & que ce qui leur penetrera le cœur ne leur blessera pas les oreilles. Les versets qui sont si difficiles à joindre les uns avec les autres, le peu de disposition que les matieres ont avec la Poësie, & les autres difficultez qui s'y rencontrent, vous obligeront à supporter mes defauts. Que si j'ay traduit ces Hymnes en Vers, je n'ay fait que suivre à la piste ceux qui m'ont devancé; ils ont couru la lice avec succés, & je croy qu'aprés qu'ils l'ont ouverte, il y en aura beaucoup d'autres qui s'y presenteront aprés moy, & que si leurs Poësies ont eu leurs beautez, celles qui

les suivront ne seront pas moins prisé
dans leurs expressions. Ce n'est pas qu
par là je pretende m'acquerir de l'estim
non plus que la vanité d'estre mis au ran
des Poëtes, mon stile est trop mal pol
mais je veux seulement faire voir qu'
m'est autant permis de travailler sur c.
matieres comme ceux qui m'ont preced
& que je me tiendray glorieux, si par me
taches je fais davantage briller leurs lu
mieres. Quand à la correction de ces Pa
raphrases, je l'aurois pû mieux observer
& grossir ce petit Livre, si j'avois plusto
prevû le temps qu'elles devoient estre im
primées. Le bon, ou le mauvais accueil qu
vous leur ferez me donnera, ou m'oster
le desir de mettre au jour le reste de me
Poësies.

EXTRAIT DV PRIVILEGE
du Roy.

PAr grace & privilege du Roy, il est permis au sieur Du Four C. D. Medecin, de faire imprimer ses Oeuvres, contenans plusieurs traductions de Vers Latins & autres pieces de devotion qu'il a mis en Vers François, par tel Imprimeur, ou Libraire qu'il avisera, pendant l'espace de cinq ans, à commencer du jour que l'impression sera achevée, & deffenses sont faites à tous Imprimeurs, ou Libraires d'en vendre, ny debiter, que celuy qui aura esté choisi par ledit Du Four, à peine de quinze cens livres d'amende. Donné à S. Germain en Laye, le vingtiéme de Février mil six cens soixante-huit.

Et ledit sieur Du Four a cedé & transporté son droit de Privilege pour les Poësies presentes à ANDRE CRAMOISY, Marchand Libraire à Paris, suivant l'accord fait entr'eux.

Regiftré fur le Livre de la Communauté des Libraires & Imprimeurs de Paris, le 26.

May 1668. suivant l'Arrest du Parlement
8. Avril 1653. & celuy du Conseil privé
Roy, du 27. Février 1655. Signé, THIERR
Adjoint du Scindic.

APPROBATION.

I'AY soussigné Docteur en Theologi
de la Faculté de Paris, certifie avoi
leu & examiné curieusement *les Para*
phrases sur les Hymnes du S. Esprit, de l
Trinité, & du S. Sacrement, & autres Prieres
en Vers François, par M. Du Four. C. D.
Medecin, où je n'ay rien trouvé qui ne soit
conforme à la Foy, & aux bonnes mœurs,
l'Autheur ayant joint aux graces de la
Poësie une fidelle traduction. Fait aujour-
d'huy troisiéme jour d'Octobre 1666.

DOMART Cordelier, Professeur
en Theologie.

A MONSIEVR
DV FOVR, C. D. M.
SVR SES
POESIES CHRESTIENNES.

QVE tes Vers font charmans,
O ! qu'ils ont d'agrémens,
Quelle Plume en nos jours peut furpaffer la tienne,
Mais fi tu veux fçavoir quels font mes fentimens,
Du Four, qu'il te fouvienne
Qu'elle nous montre icy mille enjolivemens,
Qui conviennent fort bien à la Mufe Chreftienne,
Bien que fa gloire foit dans fon peu d'ornemens.

DV PELLETIER.

ORAISO

AV SACRE' NOM
DE IESVS.

JEsus ! dont la lumiere eſt ſi douce à mon a
Jesus ! l'unique objet de mes chaſtes deſi
Jesus ! qui me comblez de vos divins plaiſi
Vous conſumez mon cœur d'une celeſte flame.

Jesus, c'eſt voſtre Nom que toûjours je reclaɩ
C'eſt pour vous que ſans fin je pouſſe des ſoûpi
Et je ne veux jamais employer mes loiſirs
Qu'à ſervir voſtre nom qui tout le cœur m'enta

Mon Jesus venez donc en l'eſtat où je ſuis
Venez me ſoulager dans mes triſtes ennuis,
Et daignez m'enrichir de vos graces divines.

Mais afin que l'Enfer ne ſoit pas mon vainque
O mon Jesus ! ſoyez au milieu de mon cœu
Comme un bouton de roſe environné d'épines.

FIN.

POESIËS
CHRESTIENNES.

HYMNE DV S. ESPRIT

*V*ENI *Creator Spiritus,*
Mentes tuorum visita,
Imple supernâ gratiâ,
Quæ tu creasti pectora.

PARAPHRASE

SVR L'HYMNE

DV S. ESPRIT.

Veni Creator Spiritus, &c.

ESPRIT d'immortelle lumiere,
Regle de toute verité,
Visite nous par charité,
Et daigne ouïr nostre priere :
Répands tes graces dans nos cœurs,
Rends-les des tenebres vainqueurs,
Et leur sers deguide & de maistre ;
Afin que par tout les humains
Puissent t'aimer & te connoistre,
Puisqu'ils sont l'œuvre de tes mains.

A ij

Qui Paracletus diceris,
Donum Dei altissimi,
Fons vivus, ignis, charitas,
Et spiritalis unctio.

Tu septiformis munere,

Dextra Dei tu digitus,
Tu rite promissum Patris

Toy seul eſt la vive fontaine,
Le don de Dieu, le feu, l'amour,
Tu viens de l'eternel ſejour
Eclairer la nature humaine :
Toy ſeul gouvernes nos eſprits,
Ils ſont de tes bontez épris
Au ſeul éclat de ta parole ;
Ils ſont ſoûmis à tes deſirs,
Et quand ta bonté les conſole,
Ils reſſentent mille plaiſirs.

C'eſt ta clarté qui nous éclaire,
Et nous fait voir les veritez
De tant d'objets, dont les beautez
Ne nous incitent qu'à mal faire :
Tu nous donnes par ta bonté
Le conſeil, & la pieté,
Le ſçavoir, la force, & la crainte ;
Et dans le milieu de nos cœurs
Faiſant voir ta Sageſſe emprainte,
Tu nous fais aimer tes douceurs.

Toy ſeul eſt le doigt adorable
De la main droite de mon Dieu,
Que nous reverons en tout lieu
Comme ſa promeſſe admirable :
C'eſt à toy que tous les mortels
De leurs ames font des Autels,
Pour benir ta grace eternelle,
Puiſque tu veux venir des Cieux
Leur faire avecque tant de zele,
Des dons qui ſont ſi precieux.

Sermone ditans guttura.

Accende lumen senſibus,
Infunde amorem cordibus,
Infirma noſtri corporis,
Virtute firmans perpetim.

Hoſtem repellas longiùs,
Pacemque dones protinus,
Ductore ſic te prævio,
Vitemus omne noxium.

En forme de langues brulantes
Sur les hommes tu defcendis,
Et foudainement tu rendis,
Leurs ames fages & vaillantes :
Ils partirent dés ce moment
Pour aller prefcher promptement
Par tous les cantons de la terre,
Et par leurs langages divers
Chacun d'eux eftoit un tonnerre
Pour eftonner tout l'Univers.

Ainfi que tes divines flames,
Efprit de confeil & d'amour,
Defcendent fur nous chaque jour,
Jufques au profond de nos ames,
Eclaire-nous de tes fplendeurs,
Anime-nous de tes ardeurs,
Daigne r'affurer nos courages ;
Et que tes bras qui font tres-forts
Au milieu des plus grands orages
Soûtiennent nos debiles corps.

Que de nous ta fainte puiffance
Ecarte les Anges mauvais :
Donne-nous ta divine paix,
Tiens-nous fous ton obeïffance :
Diffipe cette obfcurité,
Qui nous cache la verité
Dans cette miferable vie ;
Et que tes dons myfterieux,
Du Demon & de fon envie
Nous rendent tous victorieux.

Per te sciamus da Patrem,
Noscamus atque Filium,
Te utriusque Spiritum
Credamus omni tempore.

Sit laus Patri cum Filio,
Sancto simul Paracleto,
Nobisque mittat Filius
Carisma sancti Spiritus.

·❦·

Fay que nous ayons connoiſſance
Du Pere & du Fils eternel,
Qui par un amour mutuel
Te produiſent dans leur eſſence:
Qu'en l'ordre de la Trinité,
Nous connoiſſions ton unité
Avec les perſonnes divines;
Et que nous croyions que ton lieu
Eſt leur ſein où tu te termines,
Et n'es avec elles qu'un Dieu.

·❦·

Qu'à Dieu le Pere on rende gloire
Durant toute l'eternité,
Et de ſon Fils reſſuſcité
Qu'on ait inceſſamment memoire:
Qu'au ſaint Eſprit Conſolateur,
Noſtre adorable Directeur,
On chante toûjours des loüanges;
Enfin qu'à jamais dans les Cieux,
Les Saints, & les neuf Chœurs des Anges
Rendent hommage au Dieu des Dieux.

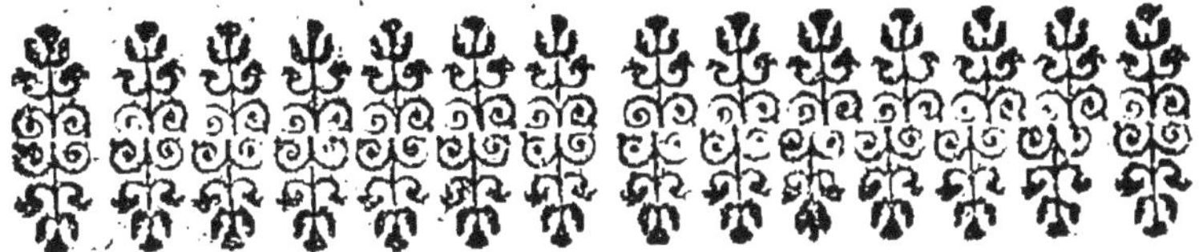

HYMNE DE LA SS. TRINITE

O	Lux beata Trinitas,
	Et principalis unitas,
Iam Sol recedit igneus,
Infunde amorem cordibus.

Te mane laudum carmine,
Te deprecemur vespere,
Te nostra supplex gloria,
Per cuncta laudet sæcula.

PARAPHRASE
SVR L'HYMNE
DE LA
TRES-SAINTE TRINITE'.

Heureuse source de lumieres,
Tres-adorable Trinité,
Dieu seul, tres-simple en unité,
Ecoutez nos humbles prieres :
Finissez nos tristes langueurs,
Et puisque le Soleil se va cacher soûs l'onde,
Que vos saintes clartez éclairent tout le monde,
Et se repandent dans nos cœurs.

Qu'en vers publians vos loüanges
Depuis le matin jusqu'au soir,
Nous benissions vostre pouvoir,
Avecque les neuf Chœurs des Anges ;
Et que nostre voix en ces lieux,
Chantent de vos grandeurs la merveille infinie,
Pour faire avec vos Saints une mesme harmonie,
Quand nous vous verrons dans les Cieux.

Deo Patri sit gloria,
Ejusque soli Filio,
Cum Spiritu Paracleto,
Et nunc & in perpetuum.

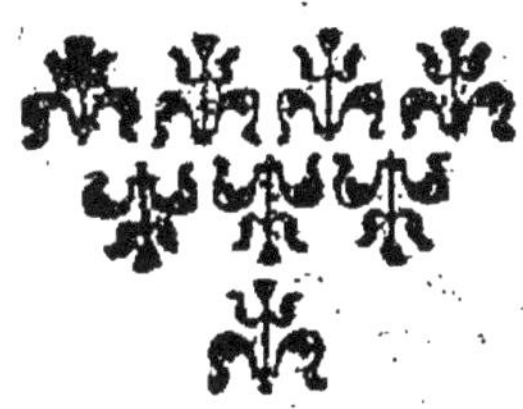

Gloire

.⚜.

Gloire inceſſamment ſoit au Pere,
Honneur à ſon Fils eternel,
Qui pour le monde criminel
A pris chair d'une Vierge mere :
Qu'au ſaint Eſprit pareillement,
Ce don ſacré d'un Dieu, cette paix ineffable,
Qui ſeul eſt de tous deux l'union adorable,
Gloire ſoit eternellement.

PROSE DE S. THOMA

SVR

LE S. SACREMENT.

LAUDA *Sion Salvatorem,*
Lauda ducem & paſtorem,
In hymnis & canticis.

PARAPHRASE

SVR LA PROSE

DV TRES-SAINT SACREMENT

DE L'AVTEL.

Lauda Sion Salvatorem, &c.

QVe vos Hymnes, Sion, faſſent par tout entendre
L'honneur que vous devez à voſtre doux Sau-
veur,
Ses dons ſacrez ſur vous il a voulu répandre,
Et vous anime encor de ſa ſainte ferveur.

Adorez ſon grand Nom avec réjouïſſance,
Puiſque par ſon amour il vous guide en tous lieux,
Et par des chants de joye & de reconnoiſſance
Témoignez que c'eſt luy qui vous conduit aux Cieux.

Publiez hautement ſes divines loüanges,
Et dites qu'icy bas, luy ſeul eſt voſtre amour,
Qu'il eſt voſtre Paſteur, qu'il eſt celuy des Anges,
Et que ſon choix vous rend ſon eternel ſejour.

Quantum potes, tantum aude,
Quia maior omni laude,
Nec laudare sufficis.

Laudis thema specialis,

Panis vivus & vitalis,

Hodie proponitur.

·❧❦❧·

De tout voſtre pouvoir exaltez ſa puiſſance,
Que pour luy voſtre cœur s'anime d'un ſaint feu,
Admirez, adorez ſa pure & ſimple eſſence,
Quand vous aurez tout fait, vous aurez fait trop peu.

·❧❦❧·

Sa gloire eſt par deſſus toutes ſortes de choſes,
Il eſt l'unique Maître, il le faut advouër,
Il eſt le ſeul Autheur des effets & des cauſes,
Luy ſeul eſt ſeulement digne de ſe louër.

·❧❦❧·

Bien que vous ne puiſſiez louër aſſez ſa gloire,
Beniſſez toutefois ſa grandeur en tout lieu :
Mais ayez tous les jours humblement en memoire
Que pour le bien louër il faudroit eſtre Dieu.

·❧❦❧·

Sa loüange eſt un champ d'une immenſe eſtenduë,
L'on y peut compoſer mille divers écrits :
Mais cette auguſte gloire à luy ſeul eſtant deuë,
Luy ſeul auſſi la veut dicter à vos eſprits.

·❧❦❧·

Il eſt ce pain vivant, que vos cœurs oſent prendre,
Et manger à l'Autel par un bienheureux ſort :
Pain vivant qui des Cieux tous les jours veut décédre
Pour redonner la vie aux enfans de la mort.

·❧❦❧·

C'eſt luy – meſme aujourd'huy que vous voyez
    paroître
Par les yeux de la Foy ſur ſes ſacrez Autels,
Et qui ſe donne à vous, bien qu'il ſoit voſtre Maître
Pour vous donner au Ciel des honneurs immortels.

Quem in sacra mensa cœnæ,
Turba fratrum duodena,
Datum non ambigitur.

Sit laus plena, sit sonora,

Sit jucunda, sit decora,
Mentis jubilatio.

Dies enim solemnis agitur,
In qua mensæ prima recolitur,
Hujus institutio.

C'eſt luy-même autrefois qui dans la ſainte Cene,
Aux Apoſtres ſacrez ſe donna tout entier :
La choſe eſtant Dieu meſme eſt tellement certaine,
Quelle eſt de noſtre Foy le plus parfait ſentier.

C'eſt, dis-je, ce grand Dieu qui dans le S. Cenacle,
Fut un ſoir animé de celeſtes tranſports,
Et vous offrant du pain prononça cet oracle,
Prenez & mangez tous, car cecy c'eſt mon corps.

Que de vos habitans toutes les voix unies
Entonnent dans les airs des chants harmonieux,
Et celebrent ſans fin les grandeurs infinies
D'un Dieu qui vous repaiſt de ſon Corps glorieux.

Faites tous éclater ſa loüange avec joye
A quicomque l'adore, il n'eſt rien de ſi doux,
Et ſi tous vos eſprits ſuivent bien cette voye,
Luy ſeul ſe donnera pour voſtre unique epoux.

Chantez, dis-je, l'honneur de ce Dieu plein de
      gloire,
Qui dans ce Sacrement ſe preſente à vos cœurs,
Rendez-vous ſes vaincus, publiez ſa victoire,
Dites qu'il eſt luy ſeul le vainqueur des vainqueurs.

Ce jour ſi ſolemnel où toute gloire abonde,
Eſt de ſon origine un renouvellement,
Et ce que l'on y fait expoſe à tout le monde,
Comme il inſtitua ce divin Sacrement.

B iiij

In hac mensa novi regis,

Novum Pascha novæ legis,
Phase vetus terminat.

Vetustatem novitas,
Vmbram fugat veritas,
Noctem lux illuminat.

Quod in cœna Christus gessit,
Faciendum hoc expressit,
In sui memoriam.

Docti sacris institutis,
Panem vinum in salutis
Consecramus hostiam.

·❧❦❧·

Sur cette auguste Table à vos yeux si charmante
Est mis pour voſtre uſage un Monarque nouveau,
Et l'amour qu'il vous porte eſt bien ſi vehemente
Qv'il ſe preſente à vous en guiſe d'un agnean.

·❧❦❧·

Ce nouveau Sacrement fait une Loy nouvelle,
Il vient vous radreſſer dans voſtre égarement,
Comme un Dieu tres-parfait, il eſt voſtre modelle,
Et termine luy ſeul tout le vieux Teſtament.

·❧❦❧·

O doux ſujet de joye ! ô divine clemence !
La nouveautê finit toute l'antiquité,
Le jour chaſſe la nuit, ſa clarté l'ignorance,
Et l'ombre diſparoît devant la verité.

·❧❦❧·

Qu'en cet effort d'amour les œuvres admirables
Font bien voir de Jeſus le pouvoir Souverain,
Vn Preſtre à peine a dit quatre mots adorables,
Qu'il décend ſur l'Autel ſous les ſignes du pain.

·❧❦❧·

Il veut que nous faſſions toûjours en ſa memoire
Ce qu'en la ſainte Cene il a fait autrefois,
Et qu'un homme à l'Autel renouvelle la gloire,
Qu'eut un Dieu d'étoufer nos pechez ſur la Croix.

·❧❦❧·

Sageſſe de mon Dieu que vous eſtes profonde,
ue vos ſecrets ſont grands, puiſqu'un homme par eux
ransforme pain & vin au corps du Dieu du monde,
ous l'offre & vient about de tous ſes juſtes vœux.

Dogma datur Christianis,
Quòd in carnem transit panis,
Et vinum in sanguinem.

Quod non capis, quod non vides,
Animosa firmat fides,
Præter rerum ordinem.

Sub diversis speciebus,
Signis tantùm & non rebus,
Latent res eximiæ.

Caro cibus, sanguis potus,
Manet Christus tamen totus,
Sub utraque specie.

Les Chreſtiens doivent tous tenir pour aſſeurance
Que le pain devient chair pour leur propre aliment,
Et que par la vertu de la toute puiſſance
Le vin ſe change au Sang dans ce grand Sacrement.

Ce que l'on ne peut voir, & qu'on ne peut com-
  prendre
Vne fervente foy nous le vient aſſurer,
Et ſans raiſonnement de peur de nous méprendre,
Par cette meſme Foy nous devons l'adorer.

Que l'on n'apporte point une Foy chancelante,
Que la raiſon conſeille à qui tout eſt ſuſpect,
Qui veut le penetrer n'a qu'une ame inſolente,
Qui n'a ny Foy, ny Loy, ny meſme aucun reſpect.

Soumettez - vous mes ſens malgré l'ordre des
  choſes,
A ce que le Sauveur en ces lieux nous a dit,
En vouloir rechercher les effets & les cauſes,
C'eſt mépriſer ſa force, & nier ſon credit.

Des myſteres divins les eſpeces ſenſibles
Cachent tous les ſecrets de la divinité.
On n'y voit ſeulement que des ſignes viſibles,
Et le pain & le vin ſont ſans realité.

Bien que ſa chair nous ſoit un aliment inſigne,
Bien que ſon ſang nous ſoit un breuvage ſacré:
Toutefois il eſt tout ſoûs l'un & l'autre ſigne,
Et le corps de ſon ſang n'eſt jamais ſeparé.

A sumente non concisus,
Non confractus, non divisus,
Integer accipitur.

Sumit unus, sumunt mille,
Quantum isti, tantum ille,

Nec sumptus consumitur.

Sumunt boni, sumunt mali,
Sorte tamen inæquali,
Vitæ vel interitus.

Fracto demùm Sacramento,
Ne vacilles, sed memento,
Tantum esse sub fragmento,
Quantum toto tegitur.

O pro-

❀❀❀

O prodige ! il faut bien que la foy nous foûtienne,
En abbaiſſant nos ſens & noſtre eſprit humain,
Que l'eſpece du vin tout entier le contienne,
Qu'il ſoit tout contenu ſous l'eſpece du pain.

❀❀❀

Dans la Communion jamais on ne le briſe,
Par celuy qui le prend il n'eſt point partagé :
Jamais il ne ſe romp, jamais ne ſe diviſe :
Mais il eſt pris entier, & tout entier mangé.

❀❀❀

Vn ſeul homme en reçoit autant que font dix mille,
Et mille ne ſçauroient en recevoir plus qu'un ;
En ſoûmettant ainſi voſtre eſprit imbecille,
Croyez qu'egalement il eſt pris d'un chacun.

❀❀❀

Sa ſubſtance jamais en nos corps ne ſe change,
Il demeure dans nous comme il eſtoit dehors,
Et bien qu'à tout moment on le boive, on le
     mange,
On ne conſume point, ny ſon Sang, ny ſon Corps.

❀❀❀

Mais qui d'étonnement, n'aura l'ame ravie,
Contemplant ſes effets dans ce monde mortel,
Les bons & les éleus reçoivent tous la vie,
Et les mechans la mort deſſus un meſme Autel.

❀❀❀

Le ſigne eſtant rompu l'on doit croire avec zele,
t ſe reſſouvenir de cette verité,
Qu'il s'en rencontre autant ſous la moindre pa celle,
Qu'en cache aux yeux humains toute la quantité.

Nulla rei fit sciſſura,
Signi tantum fit fractura,
Qua nec status, nec statura,
Signati minuitur.

Ecce panis Angelorum,
Factus cibus viatorum:
Verè panis filiorum,
Non mittendus canibus.

In figuris præsignatur,
Cùm Iſaac immolatur:
Agnus Paſcha deputatur,
Datur manna patribus.

Bone Paſtor, panis verè,
Ieſu noſtri miſerere:
Tu nos paſce, nos tuere,
Tu nos bona fac videre, in terra viventium.

Le Preſtre ſeulement ne romp que la figure,
Il ne peut diviſer ny le Sang, ny le Corps,
Leur eſtre, leur eſtat, leur grandeur, leur ſtature,
Gardent par tout entr'eux des eternels accords.

Voicy ce pain vivant, ce mets ſacré des Anges,
Qui pour noſtre ſalut eſt deſcendu des Cieux :
Mais ne produit-il pas des merveilles eſtranges,
Puiſque ſon meſme corps ſe mange en mille lieux.

Dans ce ſacré banquet eſt la ſource de vie,
Le pain vivifiant de ceux qui ſont élus :
Enfin c'eſt le vray Dieu qui toûjours nous convie,
De ne le point loger dans des cœurs diſſolus.

Tout le vieux Teſtament n'avoit que les figures,
Dont nous avons l'effet & la realité :
Toutefois il falloit avoir les ames pures,
Que ne faut-il donc pas pour cette verité ?

Et la manne & l'agneau n'eſtoient que des ſym-
    boles,
Un Iſaac immolé l'image ſeulement ;
Mais quand un Preſtre a dit les divines paroles,
Le Corps de Jesus-Christ eſt dans ce Sa-
    crement.

Pain qui nous ſoûtenez, Sauveur de la nature,
ieu de miſericorde, & Paſteur eternel,
ue voſtre Corps ſacré ſoit noſtre nourriture,
ſoyez ſecourable à l'homme criminel.

Tu qui cuncta, scis & vales,
Qui nos pascis hîc mortales,
Tuos ibi commensales,
Cohæredes & sodales, fac sanctorum civium

Puissant Réparateur des offenses humaines,
Protecteur adorable, Amour des cœurs fervens,
Seigneur defendez-nous, & finissez nos peines,
Faites-nous voir vos biens au païs des vivans.

Vous qui d'un seul clein d'œil contemplez toute
　chose,
Vous qui n'estes borné ny du temps, ny des lieux,
Vous qui nous soûtenez comme premiere cause,
Vous qui seul gouvernez & la terre & les Cieux.

Enfin vous avec qui nous avons l'avantage
D'aller assez souvent au Banquet immortel,
Faites-nous possesseurs de ce grand heritage,
Dont jouïssent vos Saints au Royaume éternel.

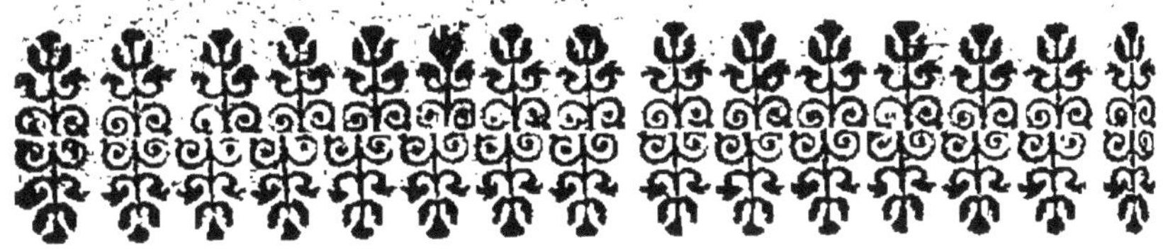

HYMNE DV S. SACREMENT

A VESPRES.

PANGE *lingua gloriosi,*
 Corporis mysterium,
Sanguinisque pretiosi,
 Quem in mundi pretium,
Fructus ventris generosi
Rex effudit gentium.

 Nobis datus, nobis natus,
Ex intacta virgine,
Et in mundo conversatus,

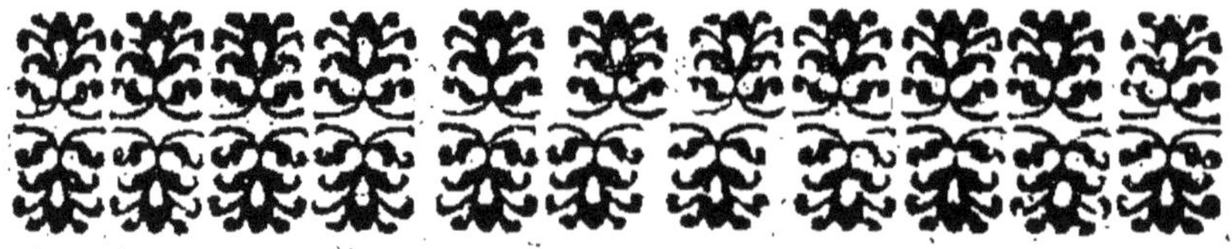

PARAPHRASE

SVR L'HYMNE

DV S. SACREMENT.

MA langue, chantons dans nos veilles,
Les grandeurs d'un Corps glorieux,
Et de son Sang tres-precieux,
Dont les vertus sont nompareilles,
Que Jesus-Christ le Roy des Rois,
Fruit d'une Vierge sans seconde,
A pour tous les pechez du monde
Répandu dessus une Croix.

Ce Roy de clemence infinie,
S'est donné tout entier à nous,
Et veut, comme un parfait Epoux,
Que nostre ame luy soit unie :
D'une sainte fille des Cieux,
Pour nous tous il a voulu naître,
Et pour mieux se faire connaistre
Il a conversé dans ces lieux.

Sparso Verbi semine,
Sui moras incolatus,
Miro clausit ordine.

In suprema nocte cœna,
Recumbens cum fratribus,
Observata lege plenè
Cibis in legalibus,
Cibum turba duodena.
Se dat suis manibus.

Verbum caro, panem verum
Verbo carnem efficit,
Fitque sanguis Christi merum,
Et si sensus defficit,
Ad firmandum cor sincerum,
Sola fides sufficit.

·❦·

Pour eftre aimé de tout le monde,
En mettant fin à nos langueurs,
Ses bontez au fonds de nos cœurs
Verfent fa parole feconde :
Et preft de la fin de fes jours,
Comme un Monarque incomparable,
Pour nous par un ordre admirable,
Il en a terminé le cours.

·❦·

Avec fes Apoftres à table,
La nuit de ce dernier feftin,
Il benit le pain & le vin,
Et fit un myftere adorable :
Ainfi ce Dieu tout glorieux
Faifant la Pafque defirée,
Avec cette bande facrée,
Luy donna fon Corps precieux.

·❦·

Le Verbe incarné dans ce monde,
Change en fa propre chair le pain,
Et transforme en fon fang le vin,
Par fa parole tres-feconde :
Et quoique fans voir ce grand Roy,
Nos fens combattent ce myftere,
Pour affermir un cœur fincere,
Il fuffit quand l'on a la foy.

Tantum ergo Sacramentum,
Veneremur cernui,
Et antiquum documentum
Novo cedat ritui,
Præstet fides supplementum
Sensuum defectui.

Genitori, genitoque,
Laus & jubilatio,
Salus, honor, virtus quoque
Sit & benedictio,
Procedenti ab utroque
Compar sit laudatio.

Aux pieds de cette sainte Table,
Reverons donc inceſſamment
Ce tres-auguſte Sacrement,
Qui contient un Dieu veritable :
Que tout cede aux nouveaux preſens,
Que la clarté chaſſe les ombres,
Et que nos yeux eſtans trop ſombres,
Noſtre Foy ſupplée à nos ſens.

Loüange en ce jour ſalutaire
Soit renduë au Pere eternel,
Honneur à ſon Fils immortel,
Egal & ſemblable à ſon Pere :
Offrons leur ſans ceſſe nos vœux,
Qu'on les offre par tout encore
Au ſaint Eſprit, & qu'on l'adore,
Puiſqu'il procede de tous deux.

Pseaume CXXX.

DOMINE *non est exaltatum cor meum:
neque elati sunt oculi mei.*

*Neque ambulavi in magnis, neque in
mirabilibus super me.*

*Si non humiliter sentiebam, sed exaltavi
animam meam.*

PARAPHRASE

SVR

LE PSEAVME CXXX.

ARGVMENT.

David estant accusé d'avoir aspiré à la Couronne de Saül, se defend de cette calomnie, & prend Dieu à témoin de l'humilité de son cœur, & de son innocence.

SEIGNEUR, mon unique esperance,
Soyez le témoin de ma foy,
Et voyez par quelle apparence
Je pourois aspirer au thrône de mon Roy.

Vous sçavez ce que j'ay dans l'ame,
Et connoissez ma volonté,
Et si lors que je vous reclame
Je desire arriver à cette dignité:

Je ne fonde point ma puissance
Sur un si tragique dessein,
Et toute ma réjouissance,
N'est que de me ranger sous vostre sainte main.

D

Sicut ablactatus super matre sua, ità re-
tributio in anima mea.

Speret Israël in Domino, ex hoc nunc &
usque in sæculum.

Vn enfant que fevre fa mere,
En elle à feulement recours :
Ainfi c'eft en vous que j'efpere,
Et de qui feulement j'attens tout mon fecours,

Vous feul avez foin de mon ame,
Vos yeux font ouverts deffus moy :
Puifque quand mon cœur vous reclame,
Vous eftes feul mon guide , & mon pere & mon
Roy.

Peuples, dans vos peines cruelles
Suivez fes faintes-volontez ,
Et fi vous eftes fes fideles ,
Vous fentirez bien-toft l'effet de fes bontez,

PSEAVME CXLV.

LAUDA *anima mea Dominum.*

*Laudabo Dominum in vita mea, pfallam
Deo meo quandiu fuero.*

PARAPHRASE

SVR

LE PSEAVME CXLV.

ARGVMENT.

David s'excite lui-mesme à loüer Dieu, & les merveilles de sa bonté & de sa puissance, il excite aussi les hommes à faire le mesme, & a n'avoir recours qu'à la protection divine.

MON ame, chantons les merveilles,
Du puissant Monarque des Cieux,
Et n'employons jamais nos veilles
Qu'à benir ses grandeurs en tout temps en tous lieux.

Tant que je vivray dans ce monde,
Je veux l'aimer & le benir,
Et que sa bonté sans seconde,
Toute l'eternité soit dans mon souvenir.

Nolite confidere in principibus, in filiis hominum.

In quibus non est salus.

Exibit spiritus eius, & revertetur in terram suam.

In illa die peribunt omnes cogitationes eorum.

Beatus cujus Deus Iacob, adjutor eius; spes eius in Domino Deo ipsius.

Qui fecit cælum & terram, mare & omnia quæ in eis sunt.

Ne fondés point voftre efperance,
Sur les Princes, ny fur les Rois :
Ils n'ont qu'une vaine puiffance,
Et ne peuvent fans Dieu faire obferver leurs loix.

L'éclat du fceptre vous eftonne,
Rien ne vous femble de fi beau :
Mais apprenez qu'une Couronne,
Ne fauve point un Roy de la loy du tombeau.

Son efprit doit comme les noftres
Retourner à Dieu quelque jour :
Mais non plus ne moins que les autres,
Son corps doit confommer dans la terre à fon tour.

Encore que comme un tonnerre
Il faffe fouvent un grand bruit,
Pourtant en ce jour fur la terre
Ses projets s'en iront dans l'eternelle nuit.

Bien-heureux, qui dans leur fouffrance
De Dieu feul attendent fecours,
Et qui mettent leur efperance
Sur fes faintes bontez, a qui tous ont recours.

C'eft par fa parole feconde,
Que de rien il crea les Cieux,
De mefme que la terre & l'onde,
Et tout ce qu'en leur fein apparoît à nos yeux.

Qui custodit veritatem in saeculum.

Injuriam patientibus.

Dat escam esurientibus.

Dominus soluit compeditos.
Dominus illuminat cæcos.

Dominus erigit Elisos.

·❦·

Il ne peut souffrir le mensonge,
Il n'aime que la verité,
Et si dans ce vice on se plonge,
Sa justice s'en vange avec severité.

·❦·

Il nous est tous les jours propice,
Quand nous suivons ses volontez,
Il nous sauve du precipice,
Et nous fait ressentir l'effet de ses bontez.

·❦·

Aux Justes il est secourable
Qui sont opprimez des mauvais,
Et sa clemence favorable
Leur départ en tous lieux ses celestes bien-faits.

·❦·

Il soulage dans leurs detresses,
Ceux qui perissent par la faim,
Et pour comble de ses largesses,
Quand ils n'y pensent pas il leur donne du pain.

·❦·

Lorsque les esclaves l'implorent,
Sa puissance brise leurs fers,
Et quand les aveugles l'adorent
A la clarté du jour ils ont les yeux ouverts.

·❦·

Quand aux bons l'on fait quelque injure,
Sa bonté les vient proteger,
Et s'ils tombent par avanture,
Elle accourt aussi-tost, & les vient soulager.

Dominus diligit justos.

Dominus custodit advenas.

Pupillum & viduam suscipiet.

Et vias peccatorum disperdet.

❊❊❊

Il affiste ceux qui le craignent,
Il aime leurs fervens defirs,
Et fi dans eux les vertus regnent,
Il fait à leurs ennuis fucceder les plaifirs.

❊❊❊

Son grand pouvoir eft l'affiftance
De tous les peuples eftrangers,
C'eft luy qui leur fert de defenfe,
S'ils veulent recourir à luy dans les dangers.

❊❊❊

Aux orphelins il fert de pere,
Il les garde foigneufement,
Et lors qu'en luy la veuve efpere,
Il luy tient lieu d'Epoux, de Monarque & d'Amant.

❊❊❊

Mais aux bons, s'il eft charitable,
Et qu'ils reffentent fes bienfaits:
Auffi fa juftice équitable
Avec feverité punira les mauvais.

❊❊❊

Il eft leur redoutable Juge,
Luy feul les peut perdre, ou fauver,
Et s'ils cherchent quelque refuge,
Dans le fein de la terre il les ira trouver.

❊❊❊

Ne croyez pas que fa juftice
Ne prenne un jour pitié de nous,
Et qu'eftant à nos vœux propice,
Sa divine bonté n'éteigne fon courroux.

Regnabit Dominus in sæcula, Deus tuus Sion, in generatione & generationem.

·←◊→·

Bien-tôt nous le verrons fe rendre
Deſſus le peuple de Sion ,
Et ſa puiſſance le defendre
Malgré ſes ennemis dans ſon affliction.

Pseaume CXLVI.

Deus *misereatur nostri,*

Et benedicat nobis. Illuminet vultum suum super nos, & misereatur nostri.

Vt cognoscamus in terra viam tuam, omnibus gentibus *salutare tuum.*

PARAPHRASE

SVR

LE PSEAVME CXLVI.

ARGVMENT.

QVE Dieu prenne pitié de nous,
Qu'il ait soin de nostre defense,
Et que sa divine clemence,
Eteigne son juste couroux.

Qu'il benisse nos actions,
Qu'il nous découvre son visage,
Et que son regard nous soulage,
Dans toutes nos afflictions.

Grand Dieu, ne nous punissez pas,
Mais daignez-nous estre propice,
Et pour suivre vostre justice
Dirigez desormais nos pas.

Accordez-nous cette faveur,
Que nos cœurs vous puissent connoistre,
Et sçavoir quel est nostre Maistre,
Et nostre adorable Sauveur.

Confiteantur tibi populi Deus, confiteantur tibi populi omnes.

Lætentur cæli & exultent gentes, quoniam judicas populos in æquitate, & gentes in terra dirigis.

Confiteantur tibi populi Deus, confiteantur tibi populi omnes.

Terra dedit fructum suum.

Benedicat nos Deus, Deus noster, benedicat nos Deus, & metuant eum omnes fines terræ.

Souffrez auſſi que les humains
Chantent vos divines loüanges,
Et confeſſent avec les Anges,
Qu'ils ſont l'ouvrage de vos mains.

Qu'avec les Saints ils ſoient joyeux
De voſtre juſtice equitable,
Et que ſur la terre habitable
Vous ſoyez leur guide en tous lieux.

Ainſi puiſſent tous les mortels
Vous adorer Dieu debonnaire,
Et qu'ils s'efforcent de vous plaire,
En vous baſtiſſant des Autels.

La terre a donné ſon beau fruit,
D'une valeur ineſtimable,
Mais Jeſus eſt ce fruit aimable
Que la ſainte Vierge a produit.

Grand Dieu, faites donc deformais,
Que voſtre cher Fils nous beniſſe,
Et que voſtre Eſprit nous uniſſe,
Et nous donne ſa ſainte paix.

Beniſſez & ſoyez beny,
Et que les Cieux, la Terre & l'Onde,
Craignent la vertu ſans feconde
De voſtre pouvoir infini.

Pseaume CLXVIII.

LAUDATE *Dominum de cælis : laudate*
eum in exelsis.

Laudate eum omnes Angeli ejus : laudate
eum omnes virtutes ejus.

Laudate eum Sol,

PARAPHRASE

SVR
LE PSEAVME CXLVIII.

Attribué à la Naiſſance de N. Seigneur.

O Vous ! Saints habitans des Cieux,
Courtiſans d'un Dieu glorieux,
Chantez hautement ſa venuë,
Exaltez toûjours ce Seigneur :
Que par tout ſa gloire épanduë
Annonce à tous voſtre bonheur.

Anges, Puiſſances, Cherubins,
Vertus, Thrônes & Seraphins,
Feux qui vivez, cœurs de lumiere.
Adorez le Verbe eternel,
Qui d'une amour euſe maniere
Eſt né pour l'homme criminel.

Toy dont l'abſence & le retour
Produiſent la nuit & le jour,
Soleil dont la lueur nous dore,
Viens tres-humblement adorer,
Ce Soleil qui vient d'une aurore,
Pour mieux que toy nous eclairer.

& Luna:

laudate eum omnes stellæ

& lumen:

Laudate eum cæli cælorum:

·❦·

Aſtre qui de nos elemens
Ici bas fais les changemens,
Sœur du Soleil , Lune argentée,
Soit au declin , ſoit au croiſſant,
De toy ſoit toûjours exaltée
La gloire d'un Jesus naiſſant.

·❦·

Beaux feux, dont la lumiere luit,
Parmy les horreurs de la nuit,
Brillante troupe des Eſtoilles.
Louëz un Dieu tout triomphant,
Qui naiſt parmy les ſombres voiles
De cette nuit, comme un enfant.

·❦·

Portrait de la Divinité,
Agreable & chere clarté,
Lumiere ſi douce & ſi pure ,
Dyque Jesus eſt ſans égal,
Que tu n'es que ſon ombre obſcure,
Et qu'il eſt ton original,

·❦·

Cieux, que d'un reglé mouvement,
Dieu fait rouler inceſſamment,
Ouvrage des doigts du Meſſie :
Dites que ce Dieu nous vient voir,
Qu'il accomplit la Prophetie,
Et nous ſauve par ſon pouvoir.

& aquæ omnes quæ super cælos sunt, laudent nomen, Domini.

Quia ipse dixit, & facta sunt : ipse mandavit & creata sunt.

Statuit ea in æternum, & in sæculum sæculi : præceptum posuit, & non præteribit.

Laudate Dominum de terra,

La terre.

Mer fondée au deſſus des Cieux,
Eaux inviſibles à nos yeux,
Voûtes liquides ſuſpenduës,
Beniſſez cet Enfant ſi beau,
Qui vous a ſi bien epanduës
Avant que s'étendre au berceau.

Cieux d'aſtres toûjours allumez,
Dites que vous fuſtes formez
Par la moindre de ſes paroles,
Et louëz eternellement
Juſques aux bouts de vos deux poles,
Dieu qui vous fit en un moment.

Globes mobiles & roulans,
Cieux de lumiere etincelans,
Il vous fonde ſur ſa puiſſance,
Et vous tient d'un ſeul de ſes doigts
Sous l'eternelle obeïſſance,
Que vous devez rendre à ſes Loix.

Fixe centre de l'Univers,
Mere des bons & des pervers,
Vaſte lit où repoſe l'onde,
Adore en ton ſein ce beau fruit,
Qu'une jeune Vierge feconde
Aprés neuf mois nous a produit.

Dracones.

Les Dragons.

& omnes abyſſi.

Les abîmes de la terre.

La mer & ſes abîmes.

Les Poiſſons.

Monſtres volans & vagabonds,
Rampans & terribles Dragons,
Adorez la ſainte naiſſance
D'un Dieu, dont le juſte courroux,
Pour chaſtier noſtre inſolence,
Ouvre vos gueules contre nous.

Abîmes noirs, goufres affreux,
Qui ne vomiſſez que des feux,
Source de ſouffre & de bithume,
Préchez par voſtre profondeur,
Que cet Enfant qui vous allume,
N'a point de fond dans ſa grandeur.

Vaſte empire où regne les vents,
Mere des gouffres decevans,
Origine de nos rivieres,
Par tes flots turbulens, ou doux,
Benis l'Ocean des lumieres,
Qui vient pour nous éclairer tous.

Humides habitans des flots,
Vivans écueils des matelots,
Citoyens des pleines liquides,
Adorez cet Enfant ſans voix,
Qui fit muets vos corps humides,
Et les forma d'un de ſes doigts.

F

Ignis
Le feu elementaire.

Le feu d'ici bas.

Le tonnerre.

L'air.

꧁꧂

..achine invisible à nos yeux,
eu subtil au dessus des Cieux,
Louëz cet Enfant par vos flames:
Dites que c'est un Dieu d'amour,
Dont le beau feu sauve nos ames,
Si-tost qu'il naist dans ce sejour.

꧁꧂

Assassin du froid des mortels,
Feu qui sert d'astre à nos Autels,
Beny l'Autheur de la nature,
Qui vient de naître parmi nous,
Puisque tu n'es que la peinture
Et le portrait de son courroux.

꧁꧂

Foudres éclatans dans les airs,
Par vos carreaux & vos éclairs,
Effroy des pecheurs sur la terre,
Louëz cet Enfant, dont les mains
Peuvent d'un seul coup de tonnerre
Aneantir tous les humains.

꧁꧂

Ample & vaste empire de l'air,
Qui t'épands sur terre & sur mer:
Toy qu'un Dieu fait enfant respire,
Adore ce Fils du Tres-haut,
Dont le souffle en ce bas empire
Te fit pour nous humide & chaud.

Grando
La gresle.

Nix
La neige.

Glacies,
La glace.

Spiritus procellarum : quæ faciunt verbum ejus.

Boutons glacez faits d'air & d'eau,
Qui ne nous servez que de fleau,
Rendez à JESUS vos hommages,
Il vous figure en petits ronds,
Et parmy les plus grands orages,
Vous fait disposer des moissons.

Toy qui dans la froide saison,
Paroît une blanche toison,
Qui sert à la terre de laine,
Adore JESUS mon Sauveur,
Ta clarté qui luit dans la plaine,
N'est rien au prix de sa blancheur.

Cristal glissant sur les rochers,
Glaçons froids transparans & clairs,
Fleuves glacez par la froidure :
Benissez cet Enfant nouveau,
Qui comme Autheur de la nature,
Peut en tout temps glacer voftre eau.

Doux Zephirs, rudes Aquilons,
Legers & puissans postillons,
Couriers de la terre & de l'onde,
Souffles ennemis & jaloux,
Louëz sa sagesse profonde,
Qui naist en ces bas lieux pour nous.

Montes & colles,
Les montagnes & les colines,

ligna fructifera & omnes cedri.
Les arbres.

Bestiæ, & universa pecora.
Les animaux du labourage.

Les autres animaux de la terre.

Petits coſtaux, monts ſourcilleux,
Qui ſous vos ſommets orgueilleux,
Regardez lancer le tonnerre,
Reconnoiſſez que vos hauteurs,
Voyant un Dieu né ſur la terre,
N'ont rien d'égal à ſes grandeurs.

Beaux arbres, de qui les rameaux
Portent des fruits ſi doux, ſi beaux,
Offrez-les à ce Dieu ſi ſage;
Et vous Cedres qu'il a plantez,
Rendez-luy ſans ceſſe l'hommage
Que vous devez à ſes bontez.

Bœufs, Aſnes, animaux privez,
Mieux que les hommes vous ſçavez
Soulager Jesus dans ſes peines,
Puiſque vous faites vos efforts
Pour échauffer de vos haleines,
Ses pieds, ſes mains, ſon petit corps.

Et vous tous autres animaux,
Ou cruels pour punir nos maux,
Ou rendus doux pour noſtre uſage :
Legers, peſans, gros & menus,
Hoſtes du champ ou du rivage,
Venez adorer mon Jesus.

Serpentes,
Les serpens.

& volucres pennatæ,
Les oiseaux.

Reges terræ,
Les Rois de la terre,

& omnes populi.
Les Peuples.

·❦·

Vous que l'on voit dans l'Univers,
D'or & d'azur si bien couvers,
Sous qui le demon tenta l'homme,
Serpents, voyez comme en ce lieu,
L'homme jadis mort par la pomme,
Reprend la vie, & devient Dieu.

·❦·

Citoyens des bois messagers,
Si dispos, si prompts, si legers;
Qui nous charmez par vos ramages :
Oiseaux, temoignez par vos voix
Vos respects & vos vrais hommages
A mon Jesus le Roy des Rois.

·❦·

Demi-dieux, Princes Souverains,
Vous que redoutent les humains,
Images d'un Dieu sur la terre,
Venez imiter les trois Rois,
Quittez-là vos thrônes de verre,
Et vous soumettez à ses Loix.

·❦·

Et vous hommes jeunes & vieux,
Sur cet Enfant jettez les yeux,
Qui pour vous a tant de tendresse,
Et que ce soit tout voftre but
De benir avec allegresse
Un Dieu qui fait voftre salut.

Les Princes.

& omnes judices, terræ.
Les Iuges.

Iuvenes
Les jeunes gens.

Virgines
Les filles.

·❦❦·

Grands Conquerans & grands Heros,
L'appuy des Rois & leur repos,
Venez voir JESUS dans l'eſtable;
Et bien qu'il ne ſoit qu'un enfant,
Dites que ſon bras redoutable
De tous vos cœurs eſt triomphant.

·❦❦·

Vous dont la balance & la voix
Vous rendent les appuis des Loix,
Que JESUS ſoit voſtre refuge;
Et pour vous juger juſtement,
Penſez qu'un jour de ce grand Juge
Vous recevrez le jugement.

·❦❦·

Hommes vaillans & genereux,
Qui ſentez un ſang vigoureux
Bouillir au profond de vos veines,
Louez tous cet Enfant nouveau,
Qui naiſſant au milieu des peines,
Remplit vos cœurs d'un feu ſi beau.

·❦❦·

Jeunes Vierges, dont les appas
ſont ſujets aux loix du trépas,
Vives beautez, charmans viſages,
N'offrez vos cœurs qu'à cet Epoux,
Sur qui le temps & ſes ravages
Ne font jamais voir leur courroux.

senes cum junioribus.
Les vieillards.

Confessio ejus super cælum & terram:

& exaltavit cornu populi sui.

Hymnus omnibus sanctis ejus: filiis Israël populo appropinquanti sibi.

Vieillards, qui par le cours des ans
N'eſtes que des tombeaux vivans,
Et vous agreable jeuneſſe
Implorez à voſtre ſecours
Jesus, par des chants d'allegreſſe,
Qui dans le Ciel vivra toûjours.

Enfin que par tout l'Univers,
Par mille Cantiques divers
On faſſe éclater ſes loüanges,
Et que la terre unie aux Cieux,
Les hommes joints avec les Anges
Chantent Jesus-Christ glorieux.

Humains, dites à haute voix,
Qu'il eſt né pour vous faire Rois,
Et confeſſez tous ſa ſageſſe,
Adorez par tout ce Seigneur,
Qui vient de naître en la baſſeſſe,
Pour vous combler de tout honneur.

Enfin nous de tous les mortels,
Les plus proches de ſes Autels,
Celebrons ſes grandeurs ſuprêmes,
oignons nos cœurs avec ſes Saints,
our avoir de tels diademes,
ont leurs fronts dans les Cieux ſont ceints.

ORAISON

POVR DIRE DEVANT

LE S. SACREMENT

DE L'AVTEL.

ADORABLE JESUS, admirable victime,
Je vous voy sur l'Autel par les yeux de la foy,
Et je vous y viens rendre un honneur legitime,
Avec tous les respects que vous voulez de moy.

·✠·

Grand Dieu, je vous adore avec toute allegresse,
Mon ame vous choisit pour son celeste Epoux ;
Et m'abismant au fond de toute la bassesse,
Je vous dis mon Sauveur, que je n'aime que vous.

·✠·

Vous estes mon desir & ma conduite même, [Roy,
Vous estes mon Seigneur, mon Sauveur & mon
Quand je contemple ici voftre bassesse extréme,
De mon propre mépris je me fais une loy.

Mais en confiderant l'excés de ma baffeffe,
J'admire incontinent celuy de voftre amour,
J'en beny, mon Seigneur, voftre immenfe fageffe,
Et vous en remercie & la nuit & le jour.

C'eft par voftre clemence, & non par mon merite,
Que vous me temoignés une telle amitié,
Je doy donc bien louer voftre fage conduite,
Dont l'infigne bonté me regarde en pitié.

Helas ! quel tendre foin vous me faites paroiftre,
D'eftre enfermé pour moy dans un fi petit lieu,
Vous avés bien plus fait, vous avés voulu naître,
Vivre & mourir pour moy, bien que vous foyez
    Dieu.

Je croy cela, Seigneur, & qu'en la fainte Hoftïe
Eft veritablement voftre Corps glorieux,
Il eft tout dans le tout, tout dans chaque partie,
Joint par concomitance à fon Sang precieux.

Adorable Sauveur, quelles font les loüanges,
Les honneurs, les refpects, & les remercimens
Que mon ame vous doit pour ces bien-faits eftranges,
Que vous nous prodigués dans vos feftins charmans.

Et mes biens, & mon corps, & mon ame, & ma
    vie
Ne viennent point de moy, tout cela vient de vous,
Cependant voftre amour fans ceffe me convie
A vous en faire une offre, & me priver de tous.

Je vous les offre donc, ô JESUS debonnaire !
Et les confacré tous à voftre Majefté,
Donnez-moy , s'il vous plaift , ce qui m'eft ne-
cefaire ,
L'efperance, la paix , la foy , la charité.

Embrafez tout mon cœur de voftre fainte flame,
Que dans ce Sacrement nous produit voftre amour,
Diffipez les erreurs qui regnent dans mon ame,
Et que voftre lumiere y faffe un nouveau jour.

Elevez mon efprit , comblez-le d'allegreffe ,
Et foyez fa douceur, fon bien , & tout fon but ,
Malgré tous fes ennuis finiffez fa trifteffe,
Et foyez fon efpoir, ainfi que fon falut.

www.ingramcontent.com/pod-product-compliance
Ingram Content Group UK Ltd.
Pitfield, Milton Keynes, MK11 3LW, UK
UKHW020025100726
13658UKWH00003B/1108